가을이
내리는
저녁

가을이 내리는 저녁

ⓒ 박민희, 2022

초판 1쇄 발행 2022년 11월 17일

지은이   박민희
펴낸이   이기봉
편집   좋은땅 편집팀
펴낸곳   도서출판 좋은땅
주소   서울특별시 마포구 양화로12길 26 지월드빌딩 (서교동 395-7)
전화   02)374-8616~7
팩스   02)374-8614
이메일   gworldbook@naver.com
홈페이지   www.g-world.co.kr

ISBN   979-11-388-1413-3 (03810)

박민희 지음

가을이
내리는
저녁

좋은땅

프롤로그

무더웠던 한여름의 더위도 한풀 꺾이고 아침저녁으론 벌써 바람이 선선하다. 2년이 넘는 팬데믹의 시대를 지나오면서 많은 가슴앓이가 있었다.

사람과의 만남이 자유롭지 못하고 어디를 가나 따라다니던 출입기록. 아무리 조심해도 우연히 들른 식당이나 카페에서 코로나19의 감염은 선택사항이 아니었다. 반복되는 코로나 검사와 자가 격리는 매번 두려움을 가져다주었다.

어느 날부터 나가기를 싫어하고 사람과의 만남이 그리우면서도 주저하고 보이지 않는 마음의 벽을 세워 놓았다. 매일 아침 눈뜨면 말려오는 막연한 두려움과 공허가 나를 힘들게 했다.

어느 날 아침 무력함을 응시하며 짧은 시를 썼다. 아침 풍경을 담담히 표현했는데 이상하게 마음이 따뜻해져 왔다. 글에도 치유의 힘이 있다는 걸 그때는 알지 못했지만 매일 짧은 시 한 편을 쓰면서부터 삶이 조금씩 달라졌다. 아침에 눈을 뜨면 무언가 쓰고 싶은 희망이 낮에도 저녁에도 이어지며 이 작은 시집이 나를 찾아왔다.

이 시집엔 팬데믹 기간에 이 땅을 떠나가신 엄마와의 추억과 그리움도 담겨 있다. 엄마에게 전하지 못했던 사랑과 그리움을 시를 쓰며 다시 바라보았다. 어쩌면 2년 전 울어야 할 그 눈물을 차마 쏟아 내지 못하고 마음속 깊이 담아 두었다가 시를 쓰며 비로소 흘릴 수 있었던 것 같다.

시를 쓰며 마음에 세워졌던 벽들이 조금씩 무너져 내리고 사람과 사물을 바라보는 시선이 다시 따뜻해져 감을 느꼈다. 글에는 치유의 힘이 있다. 짧고 단순한 시들이지만 누군가의 마음에 공감이 되고 위로가 된다면 기쁠 것 같다.

가을 아침이 상쾌하다. 태풍 끝이라 파도소리가 끝없이 밀려온다. 이제 가을이 내리는 테라스에서 또 다른 시를 노래하고 있다.

가을 아침
  - 사과 향기 날리며

비 개인 아침
가을이 찾아왔다

풀벌레 울던
작은 정원엔

노랗고 분홍빛
작은 꽃들이

가을바람에
인사하며
꽃잎을 떨구고

파도소리는
하얗게 부서지며
가을을 재촉한다

사과향기
가득한 가을아침

들려오는
아침 새들의
노래도

가을을
불러오고 있다

가을이 내리는 저녁을 읽고.

시를 쓴다는 것은 삶의 서사를 서정의 언어로 표현하는 것이라고 생각한다. 그 과정에는 세상과 자신을 연결하는 소통이 필요하다. 팬데믹의 시기를 건너며 우리는 모든 것과의 단절을 깊게 경험하고 있다. 이런 시기에 어떻게 이렇게 많은 시를 쓸 수 있었을까?라는 물음으로 시들을 읽어 나갔다. 그리곤 이내 답을 얻을 수 있었다.

시인 '박민희'는 한 편의 시 같은 마음으로 세상을 사는 사람이라는 것이다. 만나는 모든 것들을 반기고 인상적으로 바라보며, 노래하듯 표현하는 삶의 태도가 없었다면 이런 아름다운 시들이 세상에 나오지 못했을 것이다.

계절이 담긴 시들을 읽고 있노라면 내가 어느새 그 계절의 한가운데로 옮겨 간 느낌이다. 눈으로 읽어 내려가는데도 시

속의 나무, 꽃, 새들에게 '안녕?' 하고 인사를 건네고 있는 나를 발견하게 된다. 너무 바쁜 삶을 사느라 계절이 오가는지도 모르는 우리에게 봄부터 추운 날에 이르기까지의 모든 감각들을 느낄 수 있게 해 주는 시어들. 우리를 참 괜찮은 계절 여행에 참여하게 해 주는 마법 같은 시들이 아닐 수 없다. 특히 시인이 머문 공간에 언젠가 나도 꼭 가 보고 싶다는 생각이 들었다. 〈연화지〉, 〈엄마의 장미〉, 〈오월의 길목〉, 〈하이디의 집〉, 〈체르마트〉를 읽으며 느꼈던 나의 감성이 실제와 똑같은지 확인해 보고 싶은 마음이다.

어머니… 온통 어머니로 물든 시들을 읽으면서는 눈물을 쏟았다. 잊고 싶지 않은 혹은 잊을 수 없는 누군가가 우리의 마음속에 있다. 저자의 시들을 읽으면서 '추억'이라고 쓰고 '그리움'이라고 말할 수 있는 기억을 하나씩 꺼내어 보게 되었다. 그리고 슬픔과 그리움에 머무르는 것이 아니라 지금 내 곁에 있는 소중한 사람들을 더 후회 없이 사랑하고자 하는 마음으로 채우게 되었다. 참 고마운 시들이다.

무엇보다 저자의 시는 온기가 가득하다. 따뜻함이 오래도록 남는다. 그래서 온기를 필요로 하는 이들이 언제든 필요한 때에 꺼내어 읽으며 마음을 감쌀 수 있기를 바란다. 아마 올 가을과 겨울, 그리고 봄이 오기까지 이 시들을 여러 번 읽으며 나와 주변을 따뜻하게 돌볼 것 같다. 이 시집을 통해 많은 이들이 자신을 따뜻하게 돌보고, 세상과 자신과의 깊은 연결감을 느끼는 치유의 시간을 보낼 수 있기를 기대한다.

장문정

명지병원 예술치유센터 정신과전담 음악치료사

긴 터널을 지나왔다 말하는 그녀의 시선에는 절망이나 두려움이 아닌 사랑과 감사가 가득하다. 지난 몇 년간, 색깔도 소리도 사라져 버린 것만 같았던 시간을 마주한 적이 있었다. 하지만 어둠 속에서도 작은 꽃들과 잔잔한 파도소리가 언제나 우리 곁에 머물러 있었다. 시 속의 따스한 눈길을 따라가다 보면 내 곁의 모든 사랑스러운 것들을 마주하게 될 것이다.

이숙민

부산대학교병원 신경과 전문의

지금 우리는 전 세계적으로 고통을 함께 겪고 있다. 수년 동안 지속되어 온 코로나 팬데믹 시대에 때론 마음과 영혼이 메말라 가는 경험을 하고 있다. 이런 시기에 박민희 선생님의 글귀는 우리의 정서를 촉촉하게 적셔 준다. 시집에서 나타나는 자연 속에 생명의 움틈은 사무치도록 그립고 보고 싶은 친정엄마에 대한 여운을 따스하고 고귀하게 승화시킨다.

박민희 선생님의 시집을 읽고 있으면, 자연과 생명, 엄마에 대한 감정과 감격이 함께 일렁이게 되고, 시를 통해 심미적인 감응도 함께 일어난다.

'엄마'는 모두에게 가장 뜻깊은 인연일 것이다.

시를 읽는 내내 엄마가 더욱 보고 싶어지는 그런 밤이다. '엄마'에 대한 소중함을 다시 한번 느끼게 해 준, 저자 박민희 선생님께 감사를 표한다.

김지윤
부산교육대학교 교육대학원 외래교수

"이 작은 시집이 나를 찾아왔다." 문법적으로 보면 내가 시집을 발간했다. '내가 시를 썼다.'라고 표현하는 것이 맞을 것이나 박민희 시인은 이 작은 시집이 나를 찾아왔다고 서문에서 말한다. 그녀는 시집을 발간한, 시를 쓴 사람이 아니라 시집을 맞이하는, 시를 반기는 진정한 삶의 주인이다.

누구보다 많은 시련을 겪은 주인장은 어쩌자고 이렇게 순수할까? 계절의 변화에 꽃피고 새 울고 바람 불고 파도치는 세상 풍경 속에 숨바꼭질한 듯 손 흔들며 살아 있는 영원한 엄마의 흔적과 그분이 주시는 위로를 매일같이 발견하는 데 순수함의 비결이 있는 것은 아닐까?

우리가 저마다 외로움을 이기지 못해 술과 스마트폰, 일과 의미 없는 만남에 지치는 동안 "매일 해야 할 일을 하면서 딱 하루씩 최선을 다해" 기도하는 마음으로 시를 맞이한 그녀의 아름다운 수고는 시를 읽는 동안 시 한 편, 편지 한 장을 꼭 쓰리라는 따스한 마음의 숙제를 남긴다.

김찬성
선주초 교사 / 한국교육뮤지컬협회장

순수함과 그리움, 그리고 따뜻함. 가슴을 적시는 따뜻한 감성.

시를 읽는 내내 동심이 살아 있는 작가의 순수함과, 돌아가신 엄마에 대한 그리움이 강하게 느껴졌다.

어린 시절 추억이 담긴 시들에선 내가 어렸을 때 놀던 친구들과의 추억들이 생각났다. 그리고 엄마에 대한 절절한 그리움이 담긴 시들에선 가슴이 먹먹해졌다. 따뜻한 사람 냄새가 가득한 시집이다.

가슴이 먹먹하면서도 따뜻했고, 애틋하면서도 희망이 느껴졌다.

작가의 소중한 시들을 읽고 일상의 소중함을 다시금 깨닫게 되었다. 그리고 가족의 사랑에 대한 의미를 다시금 떠올려 보게 되었다.

더 나은 미래를 향한 작가의 고민과 성찰을 통해 작가가 꿈꾸는 세상은 따뜻한 온정이 가득한 밝은 사회가 아닐까 생각해 본다.

이진식
교육학박사 / 특수교사 심리상담사
(https://blog.naver.com/harammail75)

목차

2월의 창가

《봄을 기다리며》

햇살이 따뜻한 아침
봄 오는 소리는
바람을 입고 온다

까치들이 들려주는
경쾌한 노랫소리

파도를 타고
달려온 소라의 인사

동네 밖 오솔길 입구에
수줍게 핀 매화꽃향기도

바람을 타고 날아와
봄소식을 전해 주는

2월의 창가에
봄이 오고 있다

목련

봄 오는 길목
목련이 함박눈처럼
웃고 있다

아직도 골목길
돌아오는
바람은 시린데

꽃이 눈처럼 피고
가지마다
촉촉한 입맞춤으로
봄을 피워 내고 있다

꽃망울 터트린 봄

출근길에 본 하얀 꽃망울들
아직도 차가운 바람이
머물고 있는데
그래도 우리 곁에
봄이 찾아왔다

코로나로 인하여
영원히 오지 않을 것
같은 봄이
하얀 꽃 한 아름 되어
손을 흔든다

유난히 길고 힘든
겨울이었기에
망울망울 꽃송이가
눈물 나도록
고맙고 소중하다

일상의 모든 기적들을
감사함으로 누리고 싶다

마스크를 쓰지 않고
동네를 산책하며
친구와 얼굴 보며
따뜻한 차 한 잔 마시며
수다를 떨고
마스크 걱정 없이
마트에 가서 장을 봐서
가족과 함께 따뜻한
저녁을 해 먹고 싶다

위로

상처와 눈물 속에서
피는 꽃

편안하고 순조로울 때
가만히 고개 숙이고 있다가
슬픔의 골짜기를
통과할 때

말없이
살며시 손 내미는 너를
우리는 위로와 용서의
꽃이라 부른다

너는 꽃이어서 아름답다

홀로 피어도
무리 지어 피어도
꽃은 아름답다

산책길 한 모퉁이에
조용히 무리 지어
피어 있어도

길 옆 풀밭에
홀로 피어 있어도

네가 아름다운 건
꽃이기 때문이다

우리는
누구나 저마다의
꽃이 있다

화려하지 않아도
자기 계절에 피어
조용히 향기 날리는

작은 몸짓으로
한 계절 피웠다 가는
들꽃이어도

너는 꽃이어서
아름답다

봄비

봄비가
내리는 아침

늦잠 잔
아침햇살은
구름 뒤에 숨고

무리지어 핀
작은 꽃들이

꽃비가 되어
내리는 아침

광안리 그 봄날의 바다

파도가 밀려왔다
잔잔히 부서지며
물러간다
어둠이 내리는 백사장에
작은 불빛들이 찾아왔다

조개껍질을 줍던 17세의
바다는 이제 없다

수많은 발자국들이 백사장을
지나왔어도
작은 모래알은 상처를
내주지 않아

17세의 바다는 늘 출렁였다
밀려오는 파도에 발 담그고
까르르 돌아서 웃던

그 봄날의 바다는
작은 조개껍질과
소라 껍데기 속에
갈매기 울음소리를
담아 놓았다

멀리 작은 고깃배가
작은 등대의 불빛을 따라
밤바다의 노래를 부르고

한적히 돌아서 앉은
작은 섬 바위 위로
갈매기 날아오르면
17살 봄날의 바다는
파도를 넘어서 왔다

소낙비

바람소리가 거친 아침
파도를 타고 달려온
소낙비가 내리고

메말랐던 건조한 봄날이
빗소리에 화들짝
초록의 옷으로 갈아입어

길가의 철쭉은
더 붉어지고
이름 모를 야생화가
5월을 부르고 있다

소낙비 내리는 늦은 아침
초록의 대지가 손 흔들며
봄날을 보내고 있다

비 내리는 오후

누군가 앉아
잠시 쉬어 가라고
산책길 곁에 벤치
하나 있다

사각사각
톡톡톡톡…
어슬렁어슬렁

다람쥐와
빗방울과
길고양이 한 마리가

벤치 곁을 머물다
숲속으로 사라졌다

비 내리는 오후
토닥토닥
발자국 소리만
맴돌다 간다

4월의 노래

산책길
향기에 끌려 발길을
멈추었다

라일락의 언니
등나무꽃

시골 예배당 마당에 있던
등나무를 아파트
놀이터에서 만난다

연보라 향기가
작게 흔들리고 있다

어릴 적 시골 예배당
마당 한 귀퉁이에
친구들과 함께 앉아

두꺼비집을 지으며
놀고 있는 조그만
나를 본다

불어온 바람에
작은 꽃들이 4월의
노래를 부르고 있다

아름다운 오월

연두 빛 숲속 길
오월이 찾아왔다
꽃잎 지던 길모퉁이
외로이 고개 돌린 봄이
눈부신 오월을
초대해 놓았다

바람이 지나 간
숲속 오솔길
살짝 달려온 아기 다람쥐
연두 빛 초록에
떠나는 봄을 붙잡고 있다

오월의 길목

연초록 나뭇잎 사이로
오월이 손 흔든다

오월이 떠나는 길목

엄마랑 즐겨 찾았던
그 오솔길을
여섯 자매가 걷고 있다

물방울너머
더 초록해진 나무들과
인사를 나누는 오월

그리움 담은
맑은 웃음소리가
오솔길에 퍼지고 있다

가는 봄날

봄날이 가고 있다

누군가 가장 이기적인 사람이
가장 외롭다고 했는데
오늘 내가 바로 그런 사람이다
모든 걸 내 위주로 생각하고
내 마음 치료받기만 원하고 있다

내 독설이 얼마나 상대방에게
상처를 주는지 내가 상처를
받고야 알았다

마음에 박힌 비수들이
아픔 되어 나를 어지럽힌다

돌아서 걷는 발걸음에
봄날이 저만치 가고 있다

엄마의 장미

언제쯤 올까
기다림에 매일 장미 한 송이씩 피었다

한 송이 한 송이 그리움 담아
자식들의 이름을 불러 본다

다 같이 한번 오면 좋겠는데…
해 질 녘 기다림에
장미가 다발로 피었다

이 봄이 가기 전에
저 장미 울타리를 지나
엄마 엄마 부르며
우르르 몰려오면 좋겠는데

오월의 장미는
그리움 담아 봄을 붙들고 있다

엄마를 생각하며

엄마와 함께했던 시간
때로 무겁기도 하고
버거워했던 시간을 후회한다

더 많은 시간을 함께
보내지 못한 것에 대한
죄송함과 후회가 물밀듯
밀려올 적마다
엄마가 소중히 가꾸셨던
장미 넝쿨을 바라본다

주인이 떠난 마당엔
제비 새끼만 둥지에 남아
울고 있다

저녁 무렵 문 열고 들어가며
"엄마" 하고 부르면

"누구고, 우리 딸 왔나" 하며
달려 나오실 것 같다

장미가 가장 예쁘게
피었을 때
그 장미꽃 배웅 속에
주님 품으로 다시 가셨다

우리의 참된 근원이요
아버지이신 그분께로…

다시 5월이 오면
장미꽃 활짝 핀
우리 집 마당에
제비가 노래하겠지

보고 싶은 엄마
그리운 엄마

오늘은 제비도 엄마가 그리운지
둥지 사이를 날며
엄마의 노래를 부르고 있다

비 오는 오후

유난히 엄마가
그리운 날이다

비가 내리고 바람이 불면
그날의 슬픔이 몰려온다

언제쯤이면 담담히
이 비를 맞을 수 있을까

꽃이 피고 지고
가지마다 푸르름
더 짙어졌지만

내 마음속 슬픔은
움직이지 않고 있다

어둠이 내려오는

비 오는 거리를 하염없이

걷고 또 걷는다

세월이 가도

세월이 가도
그 숨결 그 마음
가슴에 한 송이 꽃으로 피어
저녁나절 그리움으로
한가득 수를 놓았다

장미 울타리너머
장독대 위에
고추잠자리 한 마리
맴돌다 사라진 마당

풋고추와
상추를 한소쿠리 올려
저녁 밥상을 차리던
시골집 마루

호박잎 쪄서
함께 둘러앉아
된장찌개를 먹던
우리의 어린 날들은
이제 장미 울타리 너머
그리운 풍경되어
가슴에 피었다

연화지에서

연화지가 보이는
창가에 앉아
미소 짓고 있는 엄마

팔순이 가까워도
늘 아름다움을
간직하고자 하셨다

치열했던 인생길이지만
늘 자기를 가꾸고
베풂의 삶을 사셨다

연화지 카페에서
언니와 함께
커피를 마시며
도란도란
정겨웠던 시간들

다시 시간을
되돌릴 수 있다면
엄마와 함께 그 연꽃 핀
길을 걷고 싶다

손잡고 함께 의지하며
연꽃 핀 그 아름다운 길을
천천히 걸으며

어릴 적 추억을 얘기하며
까르르 웃기도 하고

나무 정자에 앉아
지나가는 바람결을
느껴 보고 싶다

임재

얼마나 많은 것들을
잃고 나서야
우리는 감사함을
배우게 되는지…

고민하고 눈멀었던
많은 시간들

내게 소중한 것들을
다 놓아 버리고 나서야
눈물로 다시 보고 있다

누군가의 임재가 주는
소중한 시간들을
너무 많은 상처와 고통 후에
비로소 깨닫고 있다

어머니
《엄마를 생각하며》

다시 6월이 왔다
그날의 슬픔이 아직
우리 곁에 남아 있는데
세월은 무심한 듯 지나갔다

시간이 지나면
무뎌지고 바래질까
슬픔을 가슴속
깊이 꼭꼭 숨겨 놓았다

잊혀지는 것
살아 있는 모든 것에서
더 이상 볼 수 없고
만질 수 없는…

불러도 대답이 없고
들을 수 없는 목소리

꿈속에서도 다시
찾아와 주지 않는
그 모습

그러나 여전히 느낄 수 있는
그 사랑의 따뜻함

어머니…

당신은 여전히
우리들 마음속에
살아 계십니다

아직도 내리는 비

긴 장마가 아직도 끝나지 않았다
엄마가 주님 품에 가시고 그토록
많은 눈물이 필요했는지
울고 또 울어도
비는 그치지 않았다

비가 내린다
마음속 깊은 곳 어딘가에
이토록 큰 눈물샘이 숨어 있었을까
사랑이 지나간 자리에
눈물 꽃이 피었다

아픈 마음 달래려 내민 손이
더 큰 외로움 안고 다시 내게로 왔다

가지 끝 나뭇잎마다 매달려 있는
작은 물방울처럼

내 마음속 상처마다 달려 있는
눈물방울들
아직도 엄마를 생각하면
가슴이 먹먹해져 온다

한 번 통과함으로 이 아픔을
씻어 낼 수 있다면…

긴 세월 지나와서
영원하리라고 믿었던 시간들
그렇게 갑자기 이별이
찾아올 줄은 몰랐다

이제 장미 넝쿨을 지나
그 마당을 들어가도
엄마는 계시지 않는다

작은 밥상에 둘러앉아
함께 된장찌개를 먹던
우리의 어린 날들은

이제 추억 속
작은 기억들 되어
빨간 장미 울타리가 되었다

매미소리

한여름 밤의 매미소리

가는 여름이 아쉬운지

밤이 깊은데도 간간이

들려온다

조용한 정적을 깨고

매미 한 마리 계속 밤하늘의

정적을 노래하고 있다

이별

엄마가 주님 품으로 가셨다
긴 세월 우리 곁에 계셔서
언제까지 함께할 줄 알았는데
갑자기 우리 곁을 떠나셨다

살면서 이별을 생각하지
않은 건 아니지만
이별의 순간은 너무나
허무하게 다가왔다

이 나이가 되어서도 엄마가
안 계신다는 것이 이토록 허전하고
감당할 수 없을지는 꿈에도
생각 못 했다

긴 세월 우리 곁에 계셔서
언제까지나 같이 있을 줄 알았는데…

마음이 너무 아프다
날마다 해가 지면 휴대폰을
만지작거린다
엄마랑 통화해야 하는데…

아직도 엄마가 우리 곁을
떠나신 게 믿기지 않는다
산책을 나갔다 앉아서
담소를 나누고 있는
동네 할머니들을 보면
돌아보게 된다

이렇게 햇살 좋은 날 함께
동네를 산책하고
연화지 카페에서 커피를
마시던 날이 떠오른다
팥빙수를 시켜놓고 언니와

세 명이서 함께 마주 보며
얘기했던 시간…

직지사 공원에 가서
정자에 앉아서 치킨을 시켜서
함께 먹던 일까지…
많은 것들이 주마등처럼 지나간다

인생을 살면서 후회하지
않는 일이 어디 있으랴만

엄마와의 못다 했던 시간들은
아마 일생을 두고
가슴에 슬픔으로 남을 것 같다

슬픈 여름

그날을 생각하면 아직도
마음이 아프다
뭐라고 표현할 수 있을까
늘 이별을 준비하고 있었지만
막상 다가온 이별은
인정하기 힘들었다

그렇게 많은 시간들과
기회가 있었지만
다 놓쳐버리고 지나간 기회 앞에
목 놓아 울고 있다

엄마

아직도 마음대로 부를 수 없다
목 놓아 울지도 못하고
소리 내어 울지도 못했다

마음속 깊이 밀어 놓았던
그리움과 죄송함이
한꺼번에 터질 것 같아

조심스럽게
살짝 불러보고 얼른
감정을 닫아 버린다

언제쯤이면 편하게
엄마의 얘기를 할 수 있을지
모르겠지만 먹먹한 가슴을
어찌할 수 없다
.
마지막 힘드신 시간에
함께하지 못한 것이
평생에 상처로 남을 것 같다

후회

우리 곁에 일 년을
더 계셔 주었는데
기회를 다 놓쳤다

엄마랑 더 많은 시간을
보내 드리고
함께 밥을 먹고 잠자고
손잡고 산책하지 못한
시간들이 너무나 가슴 아프다

언제까지 우리 곁에
계실 줄 알았는데
그렇게 허망이 가실 줄 몰랐다

가족

《가족은 고향이요 그리움이다》

하나로 웃는 모습 속에
가족이 있다

기쁠 때나 슬플 때나
늘 함께한 시간들
그 세월의 무게 속에
이어진 끈들

보여도
보이지 않아도
흐르는 사랑이 있다

가족은 고향이요
긴 그리움이다

세월이 흘러
우리의 모습이

보이지 않을지라도

구름과 바람 속에
봄비처럼 소낙비처럼

사랑으로
여전히 가족으로
흐를 것이다

7월의 마지막 날

7월의 마지막 날
온통 더위로 숨 막혀하는데
매미 소리는 멈추질 않는다
가는 여름을 서러워하듯
짜는 더위 속에서도
울어댄다

해지는 산책길
작은 실바람이 불어온다

돌아보면
푸른 초목들
그 사이로 또 들려오는
매미소리

지상에서의
짧은 삶을 노래하고 싶은 걸까

작은 수레에 폐지를
밀고 가눈
할머니의 굽은 등 뒤에서
매미소리 또 한 번
정적을 깬다

바람이 신고 온
또 다른 매미소리

7월이 저물어 가고 있다

해 지는 저녁
《저녁 산책길에서》

고요하다

한낮의 더위는
저만치 물러가고

아이들의 웃음소리도
저녁노을 아래
집으로 갔다

인적 없는 산책길
실바람만 살랑인다

아침 정경

밤사이 내린 비에
장미가 다시 피었다

분홍색 나팔꽃과
노란 장미꽃이
인사하는 아침

따가운 햇살이
매미 울음소리와 함께
여름 아침을 비추고

멀리 잔잔한
바다 위로
작은 바람 되어
달려온 파도가

바위섬에게

입맞추고 있다

태풍

《여름의 끝자락에서》

여름의 끝자락
평온하던 계절에
태풍이 왔다

강풍이 불고
나무들이 휘어지고
비바람에
꽃들이 고개 숙이고
작은 꽃잎들이
우수수 떨어진다

집채만 한 파도가
조용한 백사장을
휩쓸고 간 오후

한여름 내내
노래하던 매미소리는

작은 풀벌레 소리로
바뀌었다

바다는
모든 걸 다 품어 내고야
여름의 끝자락에 있다
철썩 쏴… 철석 쏴…

파도를 넘어
여름이 가고 있다

꽃들의 노래

한여름
마당 한 귀퉁이에서
우리에게
작은 향기를 날려 주던
수선화 사과 허브 꽃

더위 따라
한풀 고개를 숙이고
가을을 준비하고 있다

연초록
가느다란 잎새 둘은
두터운 초록빛으로
단단해졌고

하얀 꽃망울
터트리며

여름밤을
숨죽이게 했던
가느다란 수선화는
향기 날리며
갈무리한다

제 계절에 피어
짧은 삶 살고 가지만
조용히 자태를
거두어들인다

파도를 넘어
불어온 바람이
가을을 불러오고 있다

여름밤

풀벌레 우는 밤
파도소리 함께 밀려온다

더위에 한풀 꺾인
매미 울음소리

마당 한편에
노란 장미가
숨죽여 피어 있다

잔잔한 파도소리
저 멀리 밤바다엔

외딴 등대가
여름밤을 비추고 있다

여름이 가고 있어요

《아직도 향기 날리는데…》

색색의 꽃들이
향기 날리는 늦여름

파도를 넘어서
달려온 바람이
인사하고 있다

안녕
이제 가을이야

꽃들이
인사합니다
아직도 더 향기 날려야 해

늦여름
바람이 꽃들을
어루만지고 갑니다

기다림
《그리움은 저녁 바람 되어…》

집 앞 버스 정류장
항상 같은 시간에
그 자리에 앉아 있는
고양이 한 마리

누군가를 기다리는 걸까

불러도 미동도 않고
하염없이 앉아 있다

뜨거운 햇볕에도
비가 오는 날에도
바람 불어 스산한 날에도
그 자리를 지키고 있다

오지 않는 누군가를
기다려 본 적이 있다

아니 이제 올 수 없는
누군가를 하염없이
기다려 본 적이 있다

버스가 지나갈 때마다
누군가 내리고 탈 때마다
고개 들어 살피다가
다시 고개 숙이는…

어둠이 살포시
내려오는 저녁나절
기다리는 누군가를
만나길 기도한다

내게도
다시 찾아와
주지 않는

떠나간 추억에
대한 기억이
조용히 바람 되어
부는 밤이다

보름달

《그리움 안고》

파도소리에 밀려
구름 사이로
환한 둥근 얼굴을
내민다

어릴 적
시골 툇마루에서
할머니 무릎을
베개 삼아 누우면
휘영청 밝은 보름달이
마당 안에 가득히
들어와 있었다

바람이 분다
바람 따라 보름달
그리움 안고
밤하늘 맴돌고 있다

계절의 길목

여름이 가고 있다
그토록 기세가 등등하던
한여름 불볕더위도
계절의 길목에선
어쩔 수 없이 고개를 숙인다

초록 잎 사이로
끝없이 울어대던 매미소리는
어느새 간간이 들려온다

나뭇잎 사이로
계절은 더 깊어졌지만
아직도 가을은
저만치 있다

아침 가을비
《파도소리를 타고》

아침 파도소리에
가을비 내리면
하얗게 부서지는
파도소리

아침 가을비
여름을 보내고 있다

끝없이 밀려오는
하얀 파도소리
바람을 붙잡은
아침 가을비

고달픈 여름이
파도를 넘어
가을비 되어 내린다

가을의 노래

운명처럼 가을이 왔다
못다 이룬 한여름의 꿈을
저만치 바라보며
빛바랜 사진처럼 가을은
조용히 우리 곁에 왔다

지난여름 우리에게
곁을 내주었던 초록빛
나뭇잎은 이제 없다

내리는 가을비에
조용히 몸 맡기고
한 잎 한 잎씩 가지 끝에서
땅 끝으로 낙화하고 있다

그리움

《가을 아침에》

빗방울 되어
내리던 그리움이
오늘은
바람이 되었다

인적이 드문
가을 백사장에
갈매기 날아오르면

그리움
하얗게 부서지는
파도가 되었다

친구

오랜만에 만나도
어제 본 것처럼
낯설지 않고 편안하다

허리에 군살이 붙고
눈가에 잔주름도
생겼지만

웃을 때 보조개는
여전히 예쁜 친구

긴 세월 돌아왔어도
수다 떨며
긴장하지 않아도 되는
다정하고
편안한 친구

가을 햇살같이
잘 익은 친구의 보조개가
친근한 오후

가을이 오는 길

초록빛 여름이
가을 햇살 아래
손 흔들고 있다

가을은 가지 끝
잎에서부터
물들고 있다

노랗고 붉은
옷으로 갈아입고
가을꽃으로
웃고 있다

엄마에게 다녀오는 길
《가을은 그리움을 닮았다》

길가에 코스모스가 피고
담장 너머엔 호박이
익어가는 계절
엄마가 살던 집을
찾았다

주인이 바뀐 집엔
적막감이 맴돌고
마당엔 그리움이 가득하다

잊혀 간다는 것…
산자의 기억에서
조금씩 멀어져 가는
모습이 서럽다

상실의 아픔을
가슴에 안고

갯새암을 찾았다

아이들의 웃음소리
가득한 공원
낙엽이 떨어지는
나무 밑에 서서
엄마가 살던 집을
하염없이
바라보았다

인기척이 없는
마당엔 가을국화가
노랗게
물들어 가고 있다

반짝이는
갯새암 위로

영롱한 눈물 꽃이
피었다

꾹꾹 참았던
그리움이
가을 햇살 아래
달려오고 있다

가을밤

가을이
깊어 가는 밤

마당 한 귀퉁이
작은 뜰
어둠 속에서
풀벌레 한 마리
숨죽여
노래하고 있다

바람이
머물고 간
백사장 위에
밀려오는
파도 소리가
쓸쓸한 가을밤

늦가을 오후

햇살이 따스한
늦가을 오후

저기 가을이
손 흔들고 있다

바람이
머물고 간
늦가을 오후

노랗고 빨간
그리움 안고
작은 낙엽들

가지 끝에서
우수수
떨어지고 있다

저기 가을이

《직지사의 늦가을》

가을이 가고 있다

저기 먼~~~ 산등성이 너머로

갈색 가을이 손 흔든다

마지막 잎새

《겨울 속으로》

마지막
잎새를 보내고 있다

초록의 봄
물기가 가득했던
나무들은
하얗고 연분홍 꽃잎을
가지마다 꽃피웠다

뜨거운 태양 아래
한여름 매미 울음
품어 주던 나무들은
꽃보다 더 아름다운
옷으로 갈아입고
가을을 불러왔다

마지막 남은

가을 단풍이 숨 막히다

고요한 적막 아래
하얀 겨울을
부르고 있다

가을이 내리는 저녁

계절 따라 찾아온
노란 들국화 연분홍 야생화
가을 햇살 아래 눈부시다

소박하고 수수한
가을 오후를 수놓았다

구름도 돌아서
집으로 가는 길

해 지는 가을 저녁
풀벌레 소리 들려온다

멀리 바다 위로
석양이 내리고
외줄기 등대 빛 사이로
작은 밤배가 지나간다

한가위 보름달

《보름달을 바라보며》

파도소리에 밀려
보름달 두둥실
얼굴을 내어민다

거리의 사람들은
마스크를
쓰고 있지만
보름달은 환한 얼굴로
내려다본다

가끔씩 구름이
보름달을
가리지만 이내
바람소리 파도소리에
둥근 모습을 드러낸다

코로나로 인해
올해도 우린 재한된
만남을
이어 가고 있지만
그래도 다 하나의 보름달을
올려다보고 있다

서로 다른 장소에서
보름달을 보고 있지만
마음은 하나로 연결되길

가을국화처럼
은은한 향기 날리는
한가위 보름달이다

추석

오랜만에 모인 가족들
엄마가 아프신 후
한동안 웃음이 끊어졌던
시골집 앞마당

오랜만에 떠들썩한 웃음소리
삼겹살 굽는 냄새가
고소하게 흘러 퍼진다
다 함께 모이지 못해
아쉬웠지만

그래도 참으로 오랜만에
함께 떠들고 웃고
즐거운 시간
늘 오늘 같은 추석이어라

가을의 추억

가을이 깊어 가는 구화사에서
엄마와 함께 즐거운 한때를 보냈다
하늘은 시리도록 눈부셨고
구화사 뜰엔 가을이 소복이
내려와 있었다

아팠던 엄마가 걷기도 하시고
우리를 위해 맛난 것도 해 주셔서
그렇게 오래도록 내내
우리 곁에 계실 줄 알았다
막내와 함께 활짝 웃고 계시던
엄마가 너무 그립다

손도 잡아 드리고
더 많은 시간을 함께 보낼 걸…
영원 안에서 다시 만나겠지만
그래도 이 땅에서의 엄마와의
추억이 너무나 그리운 날이다

가을 나들이

어릴 적 초등학교
소풍날 가던 구화사를
모두 함께 찾았다

길가에 노란
은행잎이 떨어지고
햇살이 따뜻한 가을 오후
파란 가을 하늘 아래
웃음꽃이 피었다

엄마가 건강하게
우리 곁에 오래오래
계서 주면 좋겠다

함께 고기도 구워 먹고
떠들썩한 수다 소리가
가득한 우리 집 마당과

외딴 구화사에

가을이 소복이 와 있다

상처

마음이 힘들고 외롭다
누군가 가장 이기적인 사람이
가장 외롭다고 했는데
오늘 내가 바로 그런 사람이다

모든 걸 내 위주로 생각하고
내 마음 치료받기만 원하고 있다
내 독설이 얼마나 상대방에게
상처를 주는지 내가 상처를
받아 보고야 알았다

마음에 박힌 비수들이
아픔 되어 나를 어지럽힌다
돌아서 걷는 내 모습에
낙엽이 우수수 떨어진다

가을의 길목

깊어 가는 가을

바람이 머물고 간 자리에

그리움 안고 낙엽이

물들고 있다

굴비

오늘 택배로 굴비가 왔다
매년 명절이면 엄마한테
보내던 굴비가
올해는 주인을 잃고
내게로 왔다

상자를 여는 순간
가슴이 먹먹하다

고소한 굴비구이에
밥 한 공기를
맛있게 비우시던 모습이
눈물 속에 아른거린다

엄마 굴비 보내 드릴까요?
....
폰 너머로 엄마의 목소리가

들려올 것 같아

만지작만지작
하염없이
폰을 바라본다

시간이 지나면
슬픔도 무뎌질까

굴비를 꺼내 두 마리씩
비닐 팩에 넣어
차곡차곡 냉동실에 넣는다

주인 잃은 굴비가
냉동실을
가득 채워도

우리 집 밥상엔 굴비가
올라오지 않았다

남겨진 추석

만나지 못한 지 벌써 3개월
동생들이 보고 싶다
엄마가 떠나시고 함께
모이지 못한 시간들이 너무 길다

추석이라 예전 같으면
만날 날 기다리며 날짜를 헤아리며
기대에 차 있을 텐데
이제는 갈 데가 없다

엄마가 계실 때면 한 달 전부터
뭐 먹고 싶은 거 없는지
물어보곤 하셨는데
추석이 가까워져 오는데
아무도 말들이 없다

이제는 내가

뭐 먹고 싶은 거 없는지
언제 올 수 있는지 물어보지만
다들 답이 없다

아직은 엄마의 빈자리가
너무 큰지 아무도 그 자리에
들어오지 않는다

남겨진 추석

엄마가 없는 시골집에
홀로 남겨진 추석이
쓸쓸히 빈집을 지키고 있다

카페에서

어둠이 내리는 저녁
불 꺼진 집에 어둠이
내려오는 게 서러워
거리를 방황한다

바닷가를 돌아
들어온 카페

커피를 한 잔 시켜
2층 창가에 자리 잡았다

누구나 혼자
창가에 앉아
커피를 마실 때가 있다

인생이 어떻게 늘
행복할 수 있으랴

함께하는 이 없어도
커피 한 잔 진하게 마시고
힘을 내자

겨울의 길목

낙엽이 떨어진 자리에
바람이 찾아왔다
바스락바스락
마른 나뭇잎들이
지난가을 못다 한
얘기들을 나누고 있다

한 김 돌아온 바람이
머무는 자리
가을이 떠나고 있다
노랑 은행잎이
퇴색한 가을
그 길목에 겨울이
가만히 고개 내밀고 있다

늦가을 정경

《오리 삼 형제》

늦가을 오후
단풍잎이
채색되어 가는
공원 한 모퉁이

오리 삼 형제가
소풍을 나왔다

가을 햇살 아래
풀을 뜯어먹는
신기한 오리들

연못을 뒤로하고
뒤뚱뒤뚱
느릿한 걸음으로

가을 속으로
걸어가고 있다

어느 병사의 수로

《도은트 병사를 기념하며》

먼 이국 땅
낯선 나라에 와서
부모 형제에게
돌아갈 수 없었던
당신의 여정

17살
꽃다운 나이에
먼 이방 땅에서
우리를 위해
목숨을 바치신
당신을
오래오래
기억하겠습니다

당신을
먼 이국땅으로

보내고
매일 마음 졸이며
이 땅을 바라보았을
부모님

자식을
군대에 보내 본
부모로서
가슴이 아립니다

조국인
호주로 돌아가지
못하고

이 땅에서
물이 되어
흐르고 있는

당신은

우리 마음에도

늘 흐를 것입니다

우상

내 안의 우상에
신실하느라
인생의 많은 중요한 일들을
놓쳐 버렸다
말 못 하고 듣지 못하는
벙어리 우상에게
한마디의 원하는 말도
해 주지 못하는
우상에게 긴 시간
매여서 숭배했다

해야 할 것들을 하지 못하고
사람들에게 베풀어야 할
사랑과 시간을
내가 만든 우상에게 다 쏟느라
그냥 다 지나가게 했다

오늘 이 땅에서 나를
가장 사랑해 주신
엄마를 보내고도 한마디 위로도
받을 수 없는 우상 앞에
나 자신 참담하고 고통스럽다

오늘 가장 사랑하는 이의
부재 안에서
다 드러난 우상의 민낯을 보며
부끄럽고 부끄럽다

남은 인생을 어떻게 살아야 할지…
내안의 우상이 와장창 깨어지는
소리가 들려온다
차마 울 수도 소리를 낼 수도 없다

인생의 행복을 위해 달려가던 시간

결국 아무것도 아닌 모습으로
아무것도 가지지 못한 빈손으로
인생의 한 역에 와 있다

고난

주님
어디로 가면 될까요?
무엇을 어떻게 해야 할지
보여 주소서
이 시련이 우리를
어디로 데려다줄까요?

요한이 갇혀 있었던 밧모 섬
교회와 세상과 바벨론과
새 예루살렘을 보기 위해
영 안에서 몸을
돌이키기 원합니다

우리 자신에 대한
아무런 확신도 없고
다만 주님의 안배하심에
아멘 하며

어린양이 어디로
이끄시든지
따라가기 원합니다

이것이 우리의 고백이지만
얼마나 실제가 있는지는
주님만이 아십니다

낮아질 수 있지만
스스로 비천한 사람이
되지 않게 하소서

어떠한 것도
구걸하지 않고
스스로를 아무렇게나
만들지 않게 하소서

그림자를 붙잡기 위해
달리던 시간들
오직 해이신 주님을 향해
방향을 바꾸게 하소서

혼 생명을 기꺼이
죽음에 넘기 우고
외로운 길 가신
주님의 발자취를
기꺼이 따르게 하소서
·
매일 해야 할 일을 하며
딱 하루씩 최선을 다해
살게 하소서

어둠 속의 감옥

누군가를 용서하지 않고 마음속에
담아 둘 때 고통스럽고 힘들다

그냥 내 마음 가는 대로 물 흐르듯
살기를 원했다

그러나 계속 같은 환경으로
막히는 것을 볼 때 이걸
해결하지 않고
더 이상 흘러갈 수 없다

무엇이 옳은 것인지 잘 모르겠다
다만 내 마음속에 우상을
처리하지 않고
주님께 나아갈 때 어떠한
기쁨도 없다

아무런 말씀하심도 응답도 없다
캄캄한 어둠 속에 있고 싶지 않다

어둠 속에서 행하는 모든 것들이
결국 넘어지게 하고 부딪히게 한다
애써 어둠 속에서 움직여 보려고
허우적거리던 시간이
결국은 날 더 힘들게 한다

잠잠히 눈을 감고 기다려 보자
너무 초조히 모든 것을
바로잡으려고
하지 말고 시간을 갖고 기다려 보자
물 흐르듯이 잠잠히 시간에
나를 맡기고 흘러가 보자

무엇이 나로 흐르지 못하게 하는지

어떤 장애물이 나를 가로막고 있는지
잠잠히 흐르도록 두면
드러나지 않을까
마음속에 기쁨을 회복하기 원한다

어떠한 환경 속에서도
마음속에 원망을
담아두고 살고 싶지 않다
다 비워내고 가벼운 마음으로
매일 이 길을 걸어가고 싶다

이 좋은 땅은 결국 우리 죄를
찾아내어서
더 이상 죄 있는 상태로 이 땅을
누리는 것을 용납지 않을 것이다

좋은 땅 안에서 살기 위해서는

결국 정결케 되고
깨끗해져야 할 것이다

다만 내 마음 편한 대로 환경을
피하는 것이 아니라 정면으로
부딪혀 돌파해 내기를 원한다

상대방이 스스로 선택할 수 있도록
시간을 주자
다른 사람의 모든 어려움을
내가 다 감당할 수는 없다

도움이 필요할 때 도와야겠지만
상대방이 내려야 할 결정과 고민까지
내가 다 떠안지는 말자

지금까지 나는 이러한

공과를 배우지 못했다
주제넘게 다른 사람의 고민까지
내가 다 떠안고 그 사람이 져야 할
대가까지 다 해결해 주려 했다

그게 얼마나 심각한 것인지
많은 좌절을 통과하고야
이제야 피부로 느낀다

그러한 잘못된 나의 태도가
많은 관계를 망쳐 버렸다

기대려고만 하고
스스로 책임지려고 하지 않는
나약하고 이기적인 관계로
만들어 버렸다

왜 거리두기가 필요한지
왜 바이러스로 인해 사회적
거리두기가 필요한지
이 코로나로 인하여 많은 것을
배우게 한다

바이러스는 면역력이
약해질 때 침투한다
마스크를 쓰지 않고
제한 없이 행할 때
적당한 간격과
거리두기를 하지 않을 때
기승을 부린다

그러나 역으로
면역력을 높이고
마스크를 잘 쓰며

사람과 사람 사이의
간격을 잘 유지하며

거리두기를 실행할 때
바이러스는
감히 우리에게 접근할 수 없다

물론 백신과 치료법이
필요하겠지만
원칙을 지키고 자연의
질서 가운데 살 때
바이러스는 존재하지만
우리에게
큰 해를 끼치지 못한다

사실 이러한 바이러스가
우리 안의 모든 악과 세균을

청소하는 일꾼이다

우리가 질서 안에서 살지 못하고
그분의 섭리를 벗어나
죄악된 생활과
방탕한 상태에 빠질 때마다
이러한 바이러스는
가장 강력한 해독제이기도 하다

우리 안에 세균이 없다면
결코 바이러스는
서식하지 못한다
코로나로 인하여 많은 것들의
실상이 드러나고 우리의 부끄러운
민낯도 다 폭로되었다

결국 주님은

이러한 환경을 사용하여
사람들을 그분 자신께로
돌아오게 하실 것이다
.

이 타락한 인류
거역적인 인류를
처리하기 위해 그분은
이러한 상황을 용납하신다

한 면에선
이 바이러스로 인해
많은 것들이
제한받고 불편하지만

또 다른 면에서 우리는
이러한 상황을 통해
겸손해지고

자신을 낮추게 되며
우리의 근본이신
하나님께로 돌이키게 된다

지금은 농작물이
익기 위해
땅에 속한 모든 물을
말리는 시간이다

이러한 극심한
환난을 통과하며
우리의 모든 신뢰를
하나님께만
두기를 배우기 원한다

이 세상에 속한
물이 빠질수록

밀은 더 단단하게 익게 되리라

우리 시대에 이러한 환경을
통과하리라 꿈도 꾸지 않았지만
지금 이러한 환경의
중심을 통과하고 있다

이것이 그냥 지나가는
것이 아니라
이러한 환경을 통해
반드시 우리에게
생명의 공과가
남아 있기를 원한다

하이디의 집

눈 덮인 알프스

작은 하이디의 집

통나무 오두막집에서

막 하이디가 손 흔들며

뛰어나올 것 같다

체르마트

골목마다 소복이
눈이 쌓여 있다

아직 이른 아침
아무도 지나지 않은
골목길을
가만히 걸어 본다

멀리 알프스 위로
찬란한 해가 떠오르고
조용히 소리 없이

쌓여 있던 눈들이
개울가로 흐르고 있다

저 멀리 뵈는 나의 시온 성

몽트뢰 시용 성
긴 세월 그 자리에서
세월의 무게를 버티고 있다

물안개 자욱한 호숫가에서
바라본 성은 시온 성 같았다

저 멀리 뵈는 나의 집
오 거룩한 곳 아버지 집

우리에게 돌아갈 집이 있다는 건
얼마나 큰 축복인지

아버지가 우리의 거처이고
돌아갈 집이시다

그분의 인격 안에 거하는 것

그분과 함께 거처를 가지는 것

우리 속 깊은 곳까지
그분과 함께 거하기를 원한다

그분의 어떠함이 우리의 인격을 통해
표현되실 수 있도록 우리 온 존재가
그분께 돌아가기를 원한다

마태 호른

눈 덮인 알프스
봉우리마다 시간이
멈추어 있다

수백 년을 그래 왔을
눈 내린 길목마다

눈이 켜켜이 쌓여
능선이 되고
봉우리가 되었다

저 기 눈 덮인 봉우리마다
수많은 세월이 멈추어 있다

붕어빵 모자

《미영이와 이현이》

눈 오는 날
장난기 가득한
엄마와 아들

함박웃음 속에
흰 눈이 가득

많이 웃고
많이 구르고

눈밭에
웃음꽃이 가득

늘 건강하고
행복하길

가족으로

태어나 줘서
사랑스러운
곰돌이 모자

가을의 편지

인생의 의미란 무엇일까?

살면서 누구나 한 번쯤은 왜 이 땅에 태어났고 왜 살아가는지에 대한 생각을 가져 보았을 것이다

행복했던 순간들… 살며 사랑하며 기뻤던 순간이 있을 뿐 아니라 고통과 슬픔의 순간, 허무와 공허를 우리는 다 지나왔을 것이다

우리가 하나님의 계획을 모른다면 인생의 마지막인 죽음은 참으로 허무 중의 허무일 것이다

구약성경에서 온갖 영화와 부귀를 다 누린 이스라엘의 솔로몬 왕은 말년에 인생이 허무 중의 허무라고 했고 인생의 날이 다하기 전에 창조주 하나님을 기억하라고 했다

또한 하나님께서 사람에게 영원을 사모하는 마음을 주셨다고 했다

아담이 타락한 후 하나님께서는 죄에 팔려 하나님에게서 멀리 떠난 사람을 위해 구속의 길을 열어 주셨다

어린양을 잡아 가죽옷을 지어 입히시고 그 피로 아담의 죄를 대속하게 하신 것이다

물론 이것은 장차 오실 예수그리스도의 예표였다

주님은 4천 년이 지난 후 온 인류의 죄를 대속할 어린양으로서 이 땅에 오셨고 인생 33년 반을 사신 후 십자가에서 못 박혀 죽으시고 부활하셨다

부활하신 이분은 이제 생명주는 분으로서 우리 가까이 와 계신다

인생이 공허한가

인생의 참된 의미를 찾고 싶은가

그렇다면 주님의 이름을 불러보라

로마서 10장 9~10절에서

"그대가 입으로 예수님을 주님이시라고 시인하고 또 하나님께서 예수님을 죽은 사람들 가운데서 살리신 것을 마음으로 믿으면 구원받을 것입니다 /왜냐하면 우리가 마음으

로 믿어 의에 이르고 입으로 시인하여 구원에 이르기 때문입니다"
라고 말씀하신다
주님께서 우리 죄를 위해 십자가에서 죽고 부활하셨음을 마음으로 믿고 입을 열어 주님의 이름을 부른다면 그분은 생명을 주시는 분으로서 오셔서 우리를 구원하시고 하나님께로 이끄실 것이다

우리 안에 하나님이 오실 때 인생의 참된 만족과 의미를 깨닫게 된다
하나님을 만날 수 있다면 비록 우리가 외롭고 고통스러운 삶을 살아왔을지라도 우리 삶은 의미가 가득한 감사한 인생이 될 것이다

이 가을에 인생의 의미를 찾아 방황하고 있다면 하나님을 만나길 기도합니다
지금 그분은 우리 가까이 계시며 우리가 그분을 부르기를

기다리고 계십니다

비록 한 번도 얼굴을 본 적이 없지만 오늘 이 시간 마음을 열고 주님의 이름을 부른다면 영원한 장막에 들어갈 때 우리는 서로를 알아보고 주님 안에서 기뻐할 것입니다

이것이 우리 인생의 가장 아름답고 귀한 선물일 것입니다

에필로그

가을이 깊어 가고 있다
들판의 벼들은 황금색을 더하고 있고
지난 여름내 울던 매미소리는
어느 새 풀벌레 울음소리로 바뀌었다
파도소리가 적막한 서재에 가을이 내리고 있다
아이들의 웃음소리 첼로소리
한바탕 지나간 자리에
적막감이 오롯이 밀려온다

가을이 오면 누구나 시인이 되는 것 같다
조금은 까칠한 듯 건조하고 차가운 공기가
가을밤을 적시고 있다

테라스 한 모퉁이에
노란 국화가 얼굴을 내밀었다
여름내 피고 지고를 반복하던 장미와 나팔꽃은

이제 조용히 자태를 거두어들인다
제 계절에 피어 은은한 향기 날리다가
서러워하지 않고 가을 속으로 떠나고 있다

자연은 가야 할 때와 다시 올 때를 알고
순응하며 살아가는데 나는 아직도 보내지 못하고
떠나지 못하는 많은 감정 속에서 서성이고 있다
풀벌레 울음소리가 가을밤에게 인사하고 있다

이 가을에는 사랑하는 이에게 한 장의
편지를 써 보면 어떨까?
우체국에 가서 부치지 못할지라도
그리움과 사랑을 담아 사랑하는 이들을
찾아가기를 원한다

내 노래가 시가 되고
그리움이 되어 가을과 함께 내리기를…

이 가을에는 가슴속 담아 두었던 많은

얘기들을 꺼내어 대화를 나누어 보자

보내야 할 많은 상처와 아픔들도 조용히

응시해보고 담담히 놓아주기를…

국화향기 가득한 서재에 가을이 내리고 있다

광어골 첼리스트의 서재에서